Stefan Dietrich ●

Gehalten zwischen Regenbogen und Sturm.
Zehn Schlaglichter auf das Leben

Dietrich, Stefan:
Gehalten zwischen Regenbogen und Sturm. Zehn Schlaglichter auf das Leben / Stefan Dietrich

Herstellung und Verlag:
BoD - Books on Demand, Norderstedt
ISBN 978-3-8482-6427-8

Inhaltsverzeichnis

Vorwort

Schon vor einiger Zeit entstand die Idee, Lebensgeschichten, Lebensbilanzen in einem Buch zur Sprache zu bringen. Angestossen durch die Tatsache, dass das Leben, wie es einst war und wie es gelebt wurde, nicht in Vergessenheit geraten soll, wuchs diese Idee zu diesem Buch.

Gerade die Bibel ist in weiten Teilen geprägt von Lebensgeschichten und von Lebenserfahrung.

Ich danke allen Personen, die sich zur Verfügung gestellt haben, an diesem Projekt Teil zu nehmen.

Es sind dies Menschen aus dem Berner Seeland, grösstenteils aus Walperswil und Bühl bei Aarberg, die ihr Einverständnis gaben, dass ihre Lebensgeschichte im Rahmen dieses Buches zur Sprache kommen soll.

Selbstverständlich lässt sich ein Leben nicht auf ein paar Buchseiten bannen. Dennoch geben die Erfahrungen von Freud und Leid, so hoffe ich, einen Einblick.

Das gelebte Leben zwischen Hoffen und Bangen ermöglicht einen Eindruck davon, wie es einmal war und auf welche Weise darüber erzählt wird, im Auf und Ab des Lebens immer wieder neu Halt und Mut zu finden.

Walperswil, im Februar 2013
Stefan Dietrich

Eltern sollen sein wie ein gerader Stecken

Ich trete in das Häuschen ein. Mich umfasst eine heimelige Atmosphäre. Die Frau braucht einen Rollator, um durch die Zimmer zu laufen. Unberechenbarer Schwindel lässt sie vorsichtig sein. Zwei aufmerksame Augen heissen mich willkommen. Ich spüre eine gesunde Neugier, einen wachen Geist und rege, tiefgründige Gedanken. Ich höre der lebendigen Erzählung zu. Manchmal scheint es, als hörte ich Worte wie aus einer anderen Welt.

„Ich wuchs in einem kleinen, heimeligen Holzhaus mit Holzwänden und Schindeldach auf. Allein der Stall, im Gegensatz zum Wohnhaus, bestand aus Steinen und Beton. Der Stall war klein, bot jedoch fünf Guschti[1] und ein bis zwei Schweinen Platz.

Das Haus war durch und durch einfach. Wir hatten keinen Wasserhahn, sondern einen Wasserkessel mit einer Schöpfkelle in unserer Rauchküche. Es roch nach Daheim. Es gab kein elektrisches Licht, sondern eine Petroleumlampe, die an der vom Rauch dunkel gefärbten Küchenwand hing. So gelang es uns zu sehen, ob wir den Pellkartoffeln die Haut sauber abgezogen hatten. Zum Essen der Kartoffeln gab es für uns ein wenig Salz, so dass sie geniessbar wurden. Dazu assen

---

[1] weibliches Jungtier der Kuh

wir immer Brot und Milch, manchmal am Abend auch Rösti.

Mutter brauchte das Licht auch zum Glätten[2]. Dafür hatte sie ein Eisen, das mit Holzscheiten aufgeheizt wurde. Manchmal sind etwas Funken heraus gespritzt. Vor allem auf weissen Hemden gab es gut sichtbare Brandflecken.

Hunger mussten wir nie haben. Da bin ich unseren Eltern dankbar. Am Abend wurde meistens Suppe aufgetischt: Kartoffel- oder Mehlsuppe, dazu, wie immer, ein Stück Brot und Milch. Am Mittag assen wir Gemüse. Fleisch gab es selten. Die „Salat-Welle" kam erst später. Schoggi bekamen wir gar nicht.

Um den Küchentisch herum stand eine Bank. Am Sonntag hockten[3] wir auf den Tisch hinauf, die Füsse wurden in ein Becken hinein gehalten bzw. getaucht, und dann hat unsere Mutter uns Hals und Ohren geputzt.

---

[2] „glätten" meint „bügeln"
[3] „hocken" meint hier „sitzen"

Im Winter gab es damals viel Schnee und grosse Kälte. Die Fenster waren voller Eisblumen, und wir haben jeweils Löcher in die Blumen mit unserer Atemluft geblasen. Es war so kalt, dass das Wasser in der Küche zu Eis gefroren war. Die Milch kam am Abend in die Stube; zuhinterst auf dem Kachelofen wurde sie zugedeckt, damit sie nicht zu einem Milcheisblock erstarrte.

Damit wir im Bett nicht froren, hatten wir als Bettflaschen ein gewärmtes Kirschenkisseli [4], das wir jeweils am Abend fassten und mit ihm durch die kalte Küche ins Bett liefen. Das Kirschenkisseli wurde auf dem Ofenguggeli [5] warm gehalten. Ein Nachthemd kannten wir Kinder nicht. Wir trugen im Bett ein kurzes „Barchethemmli"[6] – das genügte. Wir waren drei Mädchen in einem Bett, und so konnten wir uns gegenseitig

---

[4] „Kisseli" ist ein „kleines Kissen"
[5] „Ofenguggeli" meint das „Guckloch" im Ofen
[6] „Barchet" ist ein fester Stoff aus Leinen

wärmen. Ich musste jeweils bei den Füssen liegen. Das gab manchmal eine ziemliche Verwirrung mit den sechs Beinen.

Der Schulweg dauerte etwas mehr als eine halbe Stunde. Damals gab es keine warmen Hosen oder flauschigen Jacken. Der Rock war aus warmem Stoff gearbeitet. Bis Mitte der Wade trugen wir gestrickte Strümpfe mit einem Knopf. Der Knopf wurde mit einem Elastikband mit dem „Gstältli" [7] verbunden. Wir trugen ausserdem ein gestricktes Jäckli [8], eine Kappe und ein Halstuch, in das wir unsere Hände einwickelten. An die Füsse zogen wir Holzschuhe an. Damit der Schnee nicht zwischen Holzschuhen und Strümpfen eindringen konnte, wickelten wir die Beine mit Wadenbinden von Vati ein.

---

[7] „Gstältli" meint hier eine Art Korsett
[8] Jacke

Das Eskimoöfeli[9] in der Schule hatte allein die Funktion, unsere nassen Kleider zu trocknen. In der Nähe des Ofens war ein Draht gespannt. Dort wurden die nassen Kleider zum Trocknen aufgehängt. Man kann sich den „Geschmack"[10] der vielen nassen Kleider kaum vorstellen! Kleider wurden damals nicht viel gewaschen. Deswegen stellte die Lehrerin auf das Öfeli ein Gefäss mit Wasser mit wohlriechendem Eukalyptusöl. Dieses Öl diente, neben der Verbesserung der Luftqualität, auch der Verbeugung gegen Schnupfen.

Im Winter konnten wir mittags von der Schule nicht nach Hause kommen. Es war schlicht und einfach zu weit. Deswegen erhielten wir in der Schule einen halben Liter heisse Milch und Brot, so viel wir mochten. Zu Hause mussten wir das Brot stets einteilen.

---

[9] ein runder Ofen
[10] hier: Geruch

Später habe ich gemerkt, dass, obwohl ich viel Milch getrunken habe als Kind, dies keineswegs eine Garantie ist, später keine Osteoporose zu bekommen.

Der Beck[11] brachte das Brot ganz frisch in die Schule. War das gut!

Zu Hause war es anders: Hier holten wir Brot für eine ganze Woche. Mit dem Leiterwägeli und dem Brotsack kauften wir im Dorf jeweils acht 2-Kilo-Brote ein. Diese wurden im Keller auf eine Hurd[12], die - aus Eisendraht gefertigt - frei von der Decke herab hing, aufgereiht – zum Schutz vor Mäusen. Frisches Brot war für uns deshalb immer ein Hochgenuss!

Spielzeug hatten wir überhaupt keines. Ein alter, alleinstehender Mann, ein Freund meiner Eltern, brachte uns manchmal ein schönes Bäbi[13]. Meine Freude darüber hielt sich allerdings in Grenzen. Denn für mich war es etwas Fertiges, Fremdes mit

---

[11] Bäcker
[12] eine Ablage
[13] eine Puppe

Haaren, Augen, beweglichen Armen und Beinen. Dazu immer dasselbe Lächeln auf dem Gesicht! Ich habe viel gespielt, die Spiele und das Spielzeug jedoch lieber selbst entwickelt. Deswegen waren unsere Holzscheite uns lieber. Ds Muetti brauchte diese Scheite zum Kochen. Und keines dieser Scheite glich einem anderen. So konnten wir uns eines auswählen, das uns am besten gefiel.

Die Holzscheite meiner Brüder wurden zu Kühen und Pferden, welchen eine Schnur umgebunden wurde als Halfter. Sie wurden damit spielerisch angebunden und, wie im richtigen Leben, gepflegt. Wenn die Holzscheit-Tiere Hunger bekamen, gingen wir mit ihnen auf die Weide, zum Brunnen, wenn sie Durst hatten.
Ich selbst hatte immer nur ein Holzscheit als Bäbi. Es wurde mit einem Halstuch eingewickelt. Für unten bekam es ein

Nastuch[14], damit nicht alles nass wurde, wenn es mal musste.

Mit diesen einfachen Spielsachen konnte sich unsere Phantasie frei entwickeln. Wir waren arme und glückliche Kinder! Ich denke, je weniger ein Kind hat, umso mehr kann es sich freuen. Heutige Kinder sind für mich reiche, arme Kinder. Wir waren „innen drin" reicher, heute ist es für mich oberflächlicher. Ein Kind muss auch verzichten lernen.

Meine Kindheit war auch eine schwere Zeit, denn mein jüngerer Bruder starb, als er etwa drei Jahre alt war. Wenn meine Eltern nicht nach Hause kamen, mussten wir extra dazu arbeiten: abwaschen, jäten und bei anderen Dingen helfen.

Meine Mutter gab mir Kraft. Sie sagte, Eltern sollen sein wie ein gerader Stecken[15], an dem Kinder sich orientieren und Halt daran finden können.

---

[14] ein Taschentuch
[15] ein Stecken ist ein Holzstock oder ein Ast

Eltern sollten ein Vorbild sein. Insbesondere ist wichtig, dass ihr Ja ein Ja und ihr Nein ein Nein ist. Vater und Mutter sollten an einem Strang ziehen. Kindererziehung ist für mich immer auch Selbsterziehung der Eltern.

Der Glaube [16] war mir immer wichtig. Meine Eltern hatten zwar nie Zeit, mit uns über den Glauben zu diskutieren. Aber gebetet haben wir immer. Wir Kinder sassen oft draussen und hörten den Glocken zu. Das war meine Predigt.
Beim Laufen durch ein Wäldli[17] habe ich gebetet, dass ich keine Angst bekomme.
Gott ist für mich wie der Wind. Darum bin ich glücklich, wenn es chutet[18]."
Unwillkürlich muss ich, der Zuhörer, bei der Erzählung an den Refrain eines Liedes denken: „Weit wie das Meer ist Gottes grosse Liebe. Wie Wind und Wiesen, ewiges Daheim."

---

[16] „Glaube" kann hier auch „Religion" meinen
[17] ein kleiner Wald
[18] chutet = es stürmt

„Ich denke," fährt sie fort, „dass der Heilige Geist von Geburt an bei einem Menschen ist. Wie sonst hätte es sein können, dass ich von Gott wusste, ohne dass mir jemand etwas über Gott gesagt hat?

In schwierigen Situationen hat mir allein Gott Halt, Kraft und Mut gegeben – vor allem im Gebet. Ich hatte nie Angst, dass ich meine Gebets-Gewissheit verliere, obwohl ich viel Schweres erlebt habe.

Gerade deshalb denke ich, dass, wenn es einem Menschen zu gut geht, Gott verloren gehen kann, und er wieder gefunden wird, wenn es jemandem nicht gut geht. Uns geht es heute zu gut.

Meine Grossmutter hat bei uns gewohnt. Wir wohnten mit ihr zusammen alle in einem Zimmer. Man musste sich einschränken. Die Grossmutter hat mit zwei Kindern zusammen in einem Bett geschlafen. Mein Muetti war dabei, als sie ihre letzten Worte sagte: „Schau, die schönen Blumen, und wie schön die Glocken läuten," sagte sie. So starb sie, getröstet.

Heute wird für uns alte Menschen viel gemacht. Liebe Menschen schauen, ob ich aufstehe. Sie sorgen für mich. Kinder laufen vorbei. Der Pfarrer kommt mich besuchen.

Ich bin auf die Leute angewiesen. Für alle erfahrene Zuwendung bin ich sehr dankbar. Deshalb geht es mir gut, obwohl es mir nicht gut geht. Ich bin froh, dass ich noch Vieles selber kann.

Zwar hoffe ich darauf, dass mein Leben einmal fertig ist, aber Sterben möchte ich noch nicht. Einmal will ich nach oben zu Gott, darum gebe ich mir hier unten Mühe."

Wir trinken einen Kaffee. Selten hat er mir so gut geschmeckt wie heute. Diese Begegnung hat mich bereichert, ermutigt und getröstet. Als ich wieder auf die Strasse trete, scheint mir die Welt tatsächlich ein wenig erlöster zu sein.

Dem Schweren entgegen lachen

Ich trete in die Zimmer, in denen mir im Halbdunkel sogleich die verschiedenen Erinnerungsstücke auffallen. Dazwischen steht die Dame des Hauses mit wachen, funkelnden Augen, hinter denen eine Portion sympathischer Schalk mitspielt. Die Frau geht leicht gebeugt, wirkt dabei aktiv und tatkräftig. Ihre Erzählung ist lebhaft, und die Personen und die Lebensstationen, die sie beschreibt, erwachen zu neuem Leben.

„Ich stamme aus einer grossen Familie. Wir waren sieben Kinder. Ich war das jüngste Kind. Früher hatte man noch wenige Schweine. Meine Mutter hat den Betrieb aufgebaut – praktisch in Eigenregie. Ich durfte das Ross[19] führen, aber nur im Dorf, immer im Kreis herum.

Es war schon etwas, wenn man ein Anke-Schnittli[20] im Nachbardorf bekam. Etwas ganz Besonderes war es, als mir ein Bekannter eine Orange und ein Druckli[21] Datteln schenkte. So etwas Exotisches kannten wir nicht.

Ich habe Leute kennen gelernt, die waren sehr gescheit. Heute würden sie studieren. Damals war es nicht möglich.

Schön war es, wenn ich die Tulpenschau in Kerzers besuchen durfte.

Ich habe Schweres erleben müssen. Im Jahr 1959 verstarb mein Mann früh. Er war

---

[19] Pferd
[20] ein Butterbrot
[21] eine kleine Kiste, ein Kästchen

der Erste, der eine Abdankung[22] im Dorf erhielt. Vorher wurden die Beerdigungen in den Häusern des oder der Verstorbenen abgehalten. Anschliessend ging man auf den Friedhof zur Beisetzung.

Im Jahr 1930 wurde ich getauft, und zwar mit dem Auto fuhren wir zur Kirche. Das war eine grosse Sache bei den wenigen Autos, die es damals gab. Die Sonntagsschule besuchte ich in Bühl. Damals hatten wir noch eine Kapelle im Dorf und mussten nicht nach Walperswil.

Unser Dorf war eine läbige[23] Gemeinschaft. Es gab die Landfrauen, die verschiedene Aktivitäten durchführten, die Käserei als Dorfzentrum und Begegnungsort, einen Laden. Heute haben wir keine Möglichkeit mehr, im Dorf selbst einzukaufen. Gerade für uns „alten" Menschen ist das nicht immer einfach.

---

[22] Beerdigung mit Trauergottesdienst in der Kirche
[23] lebendige

Die Winter waren damals länger. Einen Apfel hätten wir nicht vom Boden nehmen dürfen. Dafür hätten wir einen Chlapf[24] bekommen.

Wir feierten das Mattenfest. Die Giele[25] waren stets bei uns Mädchen. Man ging zusammen fort, in den Ausgang. Zum Beispiel z'Tanz nach Kappelen oder nach Walperswil. Damals hatte die andere Dorfbeiz[26] noch Charme.

1946 ging ich, wie es damals üblich war, ins Welschland[27]. Jede Ferien verbrachte ich in Burgdorf. Dieses Städtchen wurde zu meiner zweiten Heimat.

Im Juli 1946 bekam meine Mutter Krebs. Ich habe jeweils bei der Mutter geschlafen. Sie schlief neben mir im Bett. Ich musste sie einreiben und einsalben. Meine Mutter

---

[24] Ohrfeige
[25] junge Burschen
[26] Beiz meint Kneipe
[27] Westschweiz, französischsprachig

starb an einer schlimmen Krankheit. Ich lag neben ihr im Bett, als sie von uns ging. Dieser Schicksalsschlag hat mich in jungen Jahren geprägt.

1956 wurde unser Sohn geboren. Es war in dieser Zeit sehr lange sehr kalt – 23 Grad minus siebzehn Tage lang. Unser Sohn bekam eine doppelte Lungenentzündung. Es war eine Zeit der Ungewissheit. Ich habe am Bett gebetet, dass unser Kind nicht sterben möge. Zum Glück war seine Stunde noch nicht gekommen.
Ich erinnere mich, dass mein Sohn später einen Mann tot auf dem Sofa liegen sah. Und er rief: „Schon wieder Blumen."

Ich habe meinen Charakter und meine Art von meiner Mutter her. Mein Leitspruch ist: „Gott, gib mir d Chraft, dass i's ma trage."[28] Seit sechsundsechzig Jahren gehe ich auf den Friedhof.

---

[28] Gott, gib mir Kraft, dass ich es (mein Schicksal) tragen kann.

Manchmal sehe und höre ich etwas und denke: Tote soll man nicht „vergolden".

Im Jahr 1959 verunglückte mein Mann. Dies war eine schlimme Zeit – für mich und meine Schwiegereltern. Ich bin stolz auf mich: Mir gelang es, Weihnachten zu feiern, als sei nichts passiert. Dies habe ich für die Schwiegereltern getan. Nach dem Verlust meines Mannes habe ich ein Jahr lang Schwarz getragen. Und ich mache nichts bloss zum Schein!

In dieser Zeit dachte ich, dass die Sonne nie wieder scheinen würde; dass ich in eine ewige Trauer versinke. Aber die Sonne scheint wieder in meinem Leben. Es braucht aber Zeit.
Das ist für mich das Leben: Freude *und* Leid.

Mit Gott habe ich wegen der Schicksalsschläge nie gestritten. Denn ich lebe aus dem Vertrauen, dass jeder Mensch seine vorbestimmte Stunde hat.

Dies annehmen zu können, ist für mich zentral. Manchmal scheint es mir besser, den gesunden Menschenverstand walten zu lassen.

Dann verlor ich auch noch meinen Sohn – das war hart! Mein erster Gedanke war, dass es meine Tochter nicht merken soll.

Meine Vorbilder waren Menschen, denen es schlechter ging als mir. Sonst hätte ich es wohl nicht geschafft, wenn ich solche Vorbilder nicht gehabt hätte. Zum Beispiel Menschen, die ohne Geld ihre Familie durchbringen mussten.

Aber in mir wohnt eine Kraft. Ich habe geschafft, der Realität in die Augen zu schauen.

Heute besitzen die Kinder für mich zu viel. Aber es wird auch von ihnen vielmehr verlangt.

Das Ja der Eltern sollte ein Ja bleiben, das Nein ein Nein sein – und das Nein muss ein Nein bleiben.

Ich war Witwe. Früher waren Witfrauen an allem Schuld – beispielsweise dann, wenn das Kind eine vermeintliche Schwäche in der Schule zeigte. Darunter habe ich zeitweise gelitten. Die Schrift meines Sohnes war zu wenig schön. Daran sollte ich als alleinerziehende Mutter Schuld sein.

Von meinem Charakter her bin ich ein aufgeschlossener, fröhlicher Mensch. Deshalb komme ich gut bei jungen Menschen an. Denn ich bin offen, locker und weiss, einen Witz zu erzählen. Mein Humor hat mir auch im Schweren geholfen.

Der Glaube hat für mich auch etwas mit dem täglichen Leben zu tun. Er bedeutet für mich zu schauen, dass es meinem

Mitmenschen gut geht. Ich versuche, dass ich mit den Menschen gut stehe.[29]
Ich versuche so zu leben, dass ich mein Tun und Lassen einmal verantworten kann, wenn ich vor Gott gerufen werde. Deshalb versuche ich, recht[30] zu leben."

Ich staune und bewundere die Frau, wie sie ihr Leben bestanden hat und besteht.

Vieles wurde ihr genommen, und doch hat sie es geschafft zu geben und anderen Menschen etwas von ihrem Lebensmut, ihrem Humor und ihrer Kraft zu schenken. Es ist, als könnte man von ihr lernen, dem Schweren entgegen zu lachen.

---

[29] gut auskomme
[30] gut

Auf das „Warum?" gibt es keine Antwort

Es ist ein nebliger Morgen. Ich läute an der Tür. Etwas muss ich warten, denn die Schritte der Frau sind schwer geworden im Lauf der Zeit. Noch vor wenigen Monaten ist sie mit einem Stecken ins Dorf zum Einkaufen gelaufen. Heute ist das schwierig. In der Küche steht frisches Brot auf dem Tisch, und Würstchen kochen auf dem Herd.

Frau O. schaut mir in die Augen. Ich fühle mich durch und durch erkannt. Schwer zu glauben, dass man vor ihr etwas verheimlichen kann. Sie scheint Antennen zu haben, die jetzt ganz auf mich ausgerichtet sind. Ich weiss aber auch, dass es ihr nicht leicht fallen wird, aus ihrer Kindheit zu erzählen.

„Es hat sich viel verändert," beginnt sie. „Heute hat jeder ein Telefon oder zwei – auch für unterwegs. Früher gab es nur eines auf der Gemeinde-Schreiberei. Das Büro war oben im alten Schulhaus. Um dort telefonieren zu können, musste man eine alte Stäge[31] hinaufklettern.

Ich hatte eine schwere Kindheit. Wir hatten nichts. Spielzeug hatten wir keines. Wenn wir zu Hause waren, hockten[32] wir einfach da. Wir mussten arbeiten. Bevor wir zur Schule gingen, mussten wir

---

[31] Treppe
[32] „hocken" meint hier „sitzen"

grasen[33], und gingen anschliessend ohne z'Morge[34] los.

Aber das war für mich nicht das Schlimmste. Schlimmer war, dass ich überhaupt keine Nestwärme bekommen habe als Kind. Liebe habe ich keine erfahren. Ich habe immer sehr aufgepasst, sonst gab es Schläge. Oder wir durften nicht nach draussen und mussten eine Woche zu Hause bleiben, wenn wir etwas angestellt hatten.

Wie meine Familie wohnte – das kann man sich heute gar nicht mehr vorstellen. Unsere Wohnung war in einem Keller. Alles war in einem Zimmer: der Wohnraum, die Kochecke und die Schlafgelegenheiten. Wir hatten nur ein Rechaud[35] zum Kochen.

---

[33] Gras schneiden
[34] Frühstück
[35] Kocher

Mit 1,5 Liter Milch mussten wir drei Tage lang auskommen. Wir haben die Milch jeweils mit Wasser verdünnt, damit es reichte. Zum Essen hatten wir ein Stück Brot für mehrere Tage.

Im Keller gab es kein Wasser. Wir holten es am Brunnen. Drei von uns mussten im gleichen Wasser baden.

Für die Nacht hatten wir grosse Zuckersäcke aus der Zuckerfabrik. Die Säcke mussten wir mit Laub füllen zum Schlafen. Damit wir nicht froren, hatten wir eine Decke über uns und das Laub unter uns. Nach einer Woche wurde das Laub, das wir jeweils im Wald holen mussten, gewechselt.

Bis ich verheiratet war, habe ich nie in einem Bett geschlafen. Damit wir etwas hatten, gingen meine Mutter und meine Grossmutter dreimal in der Woche auf den Markt in die Stadt. Sie fuhren mit dem Postauto, in das sie alle Dinge, die sie verkaufen wollten, einluden."

Sie unterbricht; hat Tränen in den Augen.
„Wissen Sie," sagt sie, „das Zeug von früher kommt manchmal brutal nach vorne in der Erinnerung."

Nach einiger Zeit fährt sie fort.
„Wir mussten mit Holzböden[36] in die Schule laufen. Jeden Herbst gab es neue Holzböden. In der Unterweisung[37] gab es ein Kässeli, das aussah wie ein „Negerli". Manchmal hatten wir kein Geld zum Spenden. Dann haben wir einen Knopf eingeworfen, damit wir auch etwas geben konnten.

Weihnachten haben wir nie gefeiert. Ich hatte auch kein Gotti[38] und keinen Götti[39].

---

[36] Holzschuhe
[37] kirchlicher Unterricht
[38] Patentante
[39] Patenonkel

Als Kind hatte ich eine schlechte Jugend. Vielleicht schenkt mir der Herrgott darum ein schönes Alter.

Als ich heiratete, wohnten mein Mann und ich in einer alten Küche. Als wir bauen wollten, musste ich arbeiten gehen. Ich sage ganz ehrlich: Wenn wir das Geld nicht gebraucht hätten, wäre ich dort wieder fort.

Alles, was ich verdient hatte, musste ich dem Mann wieder abgeben. Viel hatten wir nicht. Zum Glück konnten man damals noch alles offen kaufen, zum Beispiel einen Zweier[40] Öl. Weil der Ladenbesitzer über unsere Situation Bescheid wusste, haben wir auch Einiges gratis bekommen.

Bei meiner Arbeitsstelle habe ich in 25 Jahren dreimal gekündigt. Aber das hatte nichts mit meinem Chef zu tun. Er war gut zu mir.

---

[40] zwei Deziliter

Am Zahltag gab es ein gelbes Täschli mit dem Geld drin. Zahltag war alle vierzehn Tage.

Manchmal habe ich beim Putzen Geld auf der Treppe gefunden. Ich bin mir sicher, dass es dort lag, um mich zu prüfen, ob ich ehrlich bin; ob ich nichts wegnehme.
Wir waren arme Leute, aber gestohlen haben wir nichts. Niemals.

Ich habe auch in der Lingerie[41] geholfen. Dort hat man versucht, mich über die Arbeiter auszufragen; ob sie gearbeitet haben oder nicht. Sollte ich fast so etwas wie ein Spion sein?"

Sie unterbricht ihre Erzählung und sagt: „Sehen Sie die Engel in meiner Wohnung? Ich bekomme fast jeden Monat einen geschenkt, weil ich auch ein Engel bin. Manchmal sehe ich etwas. Ich sehe Gestalten – wie sie waren."

---

[41] Wäscherei

Ich schaue sie lange an. Sie lacht. Ich staune. Dann erzählt sie weiter von früher.

„Ich war in der Hoffnung[42]. Ein Bube war im Kommen. Ich erinnere mich genau. Meine Schwiegermutter war draussen am Waschen. Endlich kam der Doktor. Wir fuhren los. Das Kind kam im Auto.

Ich glaube an den Herrgott. Ich gehe nie aus der Tür hinaus, ohne den Herrgott darum zu bitten, dass ich nicht umfalle. Dafür rede ich vorher mit ihm. Das hilft mir gegen die Angst.

Ich habe einen festen Glauben. Das „Warum?" kann niemand beantworten. Ich habe einmal mit einer Pfarrerin darüber geredet. Und sie hat gesagt, eine Antwort stehe weder im Alten noch im Neuen Testament.

---

[42] „in der Hoffnung sein" meint „ein Kind erwarten"

Warum ist meine Mutter so früh gestorben an einer Brustfellentzündung? Warum sind mir manche Menschen gram?
Man sagt mir, ich habe es gut, weil ich in der Wohnung bleiben kann.

Es gibt heute Schönes für mich. Etwas Schönes war für mich, dass mich die Turnerfrauen eingeladen haben. So komme ich etwas unter die Leute. Auch die Altersweihnacht[43] war schön.
Meine Freude war unbeschreiblich, dass ich in der Lage war, daran noch teilzunehmen.

Ich habe das Leben als Kampf erlebt. Jeder Mensch muss für sein Leben kämpfen.

Mir ist wichtig, dass die Liebe herrscht zwischen den Menschen, die ich kenne."

Ich gehe langsam zum Auto. In mir spüre ich eine tiefe Ehrfurcht vor diesem

---

[43] Seniorenweihnachtsfeier; von der Kirchgemeinde organisiert und durchgeführt

Menschen und seinem Lebensweg. Ich habe von Abgründen gehört, aber auch von Brücken, die über die Schlucht führen. Imponiert hat mir, wie sie sich Lebensweisheiten und Lebensstrategien erworben und daran festgehalten hat.

Auf das „Warum?" gibt es keine Antwort. Jetzt fühle ich mich ermutigt, nach der Antwort zu suchen.

Vertrauen gelebt

Ruhe und Zufriedenheit strahlen mir entgegen, als ich dem Mann gegenüber stehe. Es geht von ihm eine innere Wärme aus, die ich spüre. Der Mann bewegt viele Dinge in seinem Herzen und versucht, für sich nach einer Antwort und einem Weg zu suchen. Sein Gang ist aufrecht, sein Blick klar und wach, auf seinen Gesprächspartner ausgerichtet.

Der Mann erzählt:

„Meine Erinnerungen an die frühere Zeit sehe ich klar und deutlich vor mir, als sei es erst gestern passiert.
Ich bin im Jahr 1938 kurz vor Ausbruch des Zweiten Weltkriegs geboren. Ich teilte Kummer und Sorgen mit meiner Mutter. Sie war meine Vertrauensperson. Zu meiner Mutter hatte ich ein sehr enges Verhältnis. Mit meiner Mutter habe ich alles geteilt – Freude und Leid. Ich erinnere mich, wie sie uns jeweils das z'Morge[44] zubereitete. Oft gab es Rösti.
Mein Vater war fort an der Grenze, manchmal monatelang. Mein Vater war auch sonst nicht der Typ, mit dem ich reden konnte.

Auf unserem Betrieb zu Hause hatten wir viele Obstbäume. Sie gaben uns viel Arbeit. Wochenlang waren wir mit der

---

[44] Frühstück

Pflege oder der Ernte beschäftigt. Ich habe als Kind die grossen Bäume bewundert.[45]

Meine Mutter bekam Scharlach. Früher musste man alles ausräuchern.

Als Bube habe ich viel selbst gemacht. Ich war sehr selbständig. Schon als Sechsjähriger heizte ich das Haus und kochte das Essen. Ich musste auch schwere Arbeiten verrichten.

Mein Vorbild war mein Onkel. Er war sehr fromm, und er lebte auch aus einer christlichen Lebenshaltung heraus. Ich sah zu, wie mein Onkel – völlig selbstversunken – in die Knie ging und sehr persönlich betete. Gott war für ihn wie ein Vertrauter, ein guter Gesprächspartner. Ich habe das alles beobachtet.

---

[45] Dieses Staunen drückt sich in folgendem Kinderlied aus: „Was müssen das für Bäume sein, wo die grossen Elefanten spazieren geh'n ohne sich zu stossen?"

Auch bei Tisch haben wir jeweils vor dem Essen gebetet. So wurden mir gute Rituale mit auf den Weg gegeben, die mir bis heute Halt geben und mein Leben helfen zu strukturieren.

Ich bin gerne in die Bibelstunde gegangen. Es war schön, dass jeweils viele Kinder daran Teil genommen haben.
Aber bei mir gab es nicht immer die absolute Gewissheit. Ich hatte auch Phasen des Zweifels. Gerade dann suchte ich nach einem Weg – auch in der Kirche, zum Beispiel im Gottesdienst.
Da ich auch gerne in die Freikirche ging, lachten einige Leute über mich und riefen mir nach: „Lue, d Stündeler, si loufe wider!"[46]

Ich habe beim Heizen im Pfarrhaus geholfen. Einmal suchte der Methodisten-

---

[46] „Stündeler" ist ein abfälliger Ausdruck für eine Glaubensgemeinschaft, die eine Stunde lang einer Predigt zuhört. Übersetzung des Spott-Satzes: „Schau nur: Die „Stündeler", sie laufen wieder."

Prediger das Gespräch mit mir. Er fragte mich, ob ich an Gott glaube. Ich machte mir Gedanken über seine Frage. Und ich spürte, dass mein Glaube[47] tief war. Für mich ist er tiefer, als dies Worte ausdrücken könnten. Mein Glaube hat mich nie mehr verlassen, und er hat mir immer wider Kraft, Hoffnung und Mut geschenkt.

„Du musst..." Das hat es bei uns nicht gegeben. Ich bin ganz frei gewesen in meinem Glauben.

Ich lebe nach einem Grundsatz: Oft war ich nahe am Tod. Gerade dann wurde für mich gebetet – und zwar tat dies die ganze Gemeinde. Wenn man selber nicht mehr kann, schwach ist, dort habe ich gespürt, dass jemand für mich da ist.

Ein Teenager war ich gar nie; konnte ich nicht sein. Ich war ein Kind, und

---

[47] „Glaube" im religiösen Sinn meint nicht „etwas für wahr halten", sondern meint „Vertrauen", „Vertrauen haben zu etwas".

anschliessend kam ich direkt in den Arbeitsprozess hinein. Um 6.00 Uhr morgens habe ich die Kühe gemolken. Erst nachher ging ich in die Schule. In der Schule war ich neun Jahre lang. Zum Glück ging es mir dort ring[48]. Ich lernte leicht und schnell.

Im Schulzimmer waren jeweils drei Klassen zusammen. Insgesamt befanden sich in unserem Raum fünfundvierzig Schülerinnen und Schüler. Die Lehrkraft war sehr streng. Aber ich habe viel gelernt. Auch biblische Geschichten gehörten zum Lernstoff. Ich hätte in die Sek[49] gehen können. Aber nur ein einziger Schüler aus meiner Klasse hatte die Möglichkeit, dorthin zu gehen. Normalerweise war dies nicht üblich.

Im Vergleich zu früher hat sich das Dorfleben sehr verändert. Am Anfang war das Leben untereinander primitiv. Damit

---

[48] „ring" meint „mit etwas keine Schwierigkeiten haben"
[49] Sek = Sekundarschule; „höhere" Schule.

meine ich: Das Reden miteinander fand auf einem tiefen Niveau statt. Man hat sich viel z'Leid gwärchet[50].

Das Dorf wurde von einzelnen Familien beherrscht. Auf meinen Vater wurde mit dem Finger gezeigt. Zum Glück hat er davon nichts gemerkt. Aber ich schon!
Meine Mutter vertrat dagegen eine andere, geistliche, christliche Lebenshaltung.

Langsam veränderte sich etwas durch die jüngeren Generationen. Die Veränderung bewirkten die Frauen. Sie schafften es nach und nach, dass sich die innere Haltung der Menschen veränderte. Durch Menschen, die im Stillen wirkten, wurde das Niveau im Umgang miteinander gehoben.

So konnten viele gemeinschaftliche Dinge stattfinden. Und ich habe viel von dem allen mitbekommen. Das Primitive ist

---

[50] man hat sich Leid zugefügt

langsam verwandelt worden in etwas Höheres von ein paar Einzelnen mit einem grossen Gedankengut.

In meiner Kindheit war die Handarbeit bei der Arbeit noch sehr wichtig. Es war schlicht kein Geld da, um Maschinen kaufen zu können. Dennoch waren wir innovativ. Wir haben versucht, andere, neue Methoden anzuwenden. Sämtliche schwere Arbeiten verrichteten wir mit Ross und Kühen. Wir hatten nur ein Ross.

Wenn die Kühe mehr Milch geben sollten, hatten sie nicht mehr dieselbe Ausdauer, um die schweren Arbeiten verrichten zu können. Oft hatten wir ein Gespann mit einem Ross, zusammen mit einer Kuh. Mit der Hand wurde zum Beispiel das Drösche[51] gemacht. Für mich war es eine glückliche Zeit.
Später kamen dann die Traktoren.

---

[51] Korn dreschen

Ich habe viel gesehen, was sonst die Leute nicht so gesehen haben; auch einige Familien-Dramen. Viele Menschen haben geweint. Oft wurde ich mitten in der Nacht angerufen. Darunter waren Menschen, die sich das Leben nehmen wollten. Oft war der Grund für den Kummer, dass jemand Schwierigkeiten in einer Liebesbeziehung hatte. Manchmal hatte es auch mit einem Konkurrenzkampf zu tun.

Ich habe alle Geschichten bei mir behalten und sie mit Gott abgemacht.[52]

Ich hatte ein interessantes Leben. Durch verschiedene Aufgaben wurde es bereichert.

Ich erinnere mich, dass bei einem Todesfall zuerst der Sarg mit in der Kirche war. Anschliessend wurde der Sarg mit

---

[52] Dies erinnert an die Haltung der Maria nach den Ereignissen rund um die Geburt Jesu: „Maria aber behielt alle diese Worte und bewegte sie in ihrem Herzen." (Lukas 2,19); „abgemacht" meint hier „anvertraut".

einem Gespann in einer Prozession auf den Friedhof gefahren.

Gerade auch durch Schicksalsschläge sind viele Familien wieder mehr zusammen geschweisst worden. Die Leute waren vorher von der Art her viel härter. Sie waren geprägt vom täglichen Überlebenskampf. Von daher stammen unsere „herte Gringe"[53]. Dies kommt von der Armut her und von den Überschwemmungen. Man musste früher mit den Schwierigkeiten leben (lernen).

Die Menschen unten am Hogger[54] mussten bei einer Überschwemmung hinauf. Dafür war alles im Voraus organisiert, wer wo hin kam und wo welche Kühe Unterschlupf fanden. Man sagte dann jeweils: „Das Thun-Wasser kommt."

---

[53] „herte Gring" meint „harter Kopf" im Sinn von „stur", aber auch in der Bedeutung von „willensstark" und „durchsetzungsfähig".
[54] Hügel

47

Langsam verabschiede ich mich. Auch bei dem Mann hat es zeitweise nach Abschied getönt. „Ich bin parat," sagte er. Ein Gedanke lässt mich nicht los: dieses tiefe Vertrauen.

Ein solches geschenktes, erworbenes und gelebtes Vertrauen lässt mich unwillkürlich ein Lied summen. Ein Spaziergänger schenkt mir ein Lächeln. Ich grüsse und lächle zurück.

Müssen und Dürfen

Ich betrete die Wohnstube und bewundere die schönen Blumen. Eine Pflanze wächst an der Zimmerdecke. Mein Blick streift aus dem Fenster, und ich geniesse die Aussicht auf das Berner Seeland und die dahinter liegenden Berge.

Mein Gegenüber strahlt eine liebevolle Zurückhaltung aus. Ich freue mich auf die Begegnung. Sie erzählt:

„In meiner Kindheit mussten wir Kinder alles. Ich musste arbeiten und arbeiten. Mir war das alles zwider[55]. Als Kind habe ich nicht buuren[56] wollen. Ich habe mir gesagt, dass ich nie einen Bauer heiraten werde.

Es war die Ausnahme, dass meine Tante mit mir in die Stadt ging. Die Stadt war für mich weit weg. Es war aussergewöhnlich, dass man einfach Spazierte und nichts Arbeitete.

Ich wäre gerne länger in die Schule gegangen zum Lesen, Basteln oder Zeichnen.

Spielzeug besassen wir fast keines. Aber alle Kinder haben zusammen Zeit verbracht. Das war schön.

Grundsätzlich war das Zusammensein früher besser, viel besser. Viele Kinder

---

[55] eine Abneigung dagegen verspüren
[56] Betätigungen eines Bauers

sind heute auf der Gasse. Wir hatten nie Geld.

Zu Hause bei der Mutter konnte ich nicht gut sein. Meine Mutter musste immer schaffen[57]. Am schönsten war es jeweils beim Grosi[58]. Da mussten wir einmal nichts Müssen.

Mein Vater war Stadtberner. Sie waren zu Hause acht Kinder. Damals, um 1918, gab es keine Arbeit. Mein Vater ist fort gekommen und wurde Verdingbub[59]. Er hat seine Familie fast nie mehr gesehen.

---

[57] arbeiten

[58] Grossmutter

[59] Verdingkinder: Kinder, oft Scheidungs- oder Waisenkinder, die zwischen 1800 und 1950 ihren Eltern von den Behörden weggenommen und einer anderen Familie angeboten wurden. Bis etwa 1900 wurden die Kinder auf einem Markt versteigert. Auf den Bauernhöfen mussten die Kinder wie Leibeigene Zwangsarbeit verrichten. Sie wurden ausgebeutet, misshandelt und missbraucht. Im Kanton Bern wurden etwa 10% der Kinder verdingt. Obwohl gewisse Fremdplatzierungen nötig waren, ist die Verdingung eines der dunkelsten Kapitel der jüngeren Schweizer Geschichte. Heute lebt in der Schweiz eine fünfstellige

Der Lehrer hatte noch eine Kuh. Der Vater musste jeweils die Kuh des Lehrers versorgen. Erst anschliessend konnte er in die Schule.

Später hat er einen grossen Ehrgeiz entwickelt. Mein Vater hatte uns Kinder schon gern, aber er konnte es nicht zeigen. Ich bin nie in den Arm genommen worden. Das mit den Verdingbuben wurde lange verschwiegen – auch auf den grossen Höfen.

Dass man einander besuchte, gab es wenig. Aber einmal brachte uns jemand Bananen. Wir haben die Bananen den Hühnern verfüttert, weil wir dies überhaupt nicht kannten.

Wir mussten noch alle Arbeiten von Hand verrichten. Die Arbeit war hart. Aber es war trotzdem weniger stressig als heute.

Zahl ehemaliger Verdingkinder. Nicht selten haben diese Menschen psychische Probleme. (Quelle: Wikipedia); Film: „Der Verdingbub" von Markus Imboden (2011).

Man hat zusammen prichtet[60]. Man hat noch miteinander Zimmis [61] gegessen. Heute ist der (Zeit-)Druck viel grösser.

In schwierigen Momenten hat mich der Glaube getragen; der Glaube an eine höhere Macht.

Mein Mann ist jetzt seit über zwanzig Jahren verstorben. Da musste ich den Hof selbst führen. Ich musste den Stall umbauen. Und ich musste jeden Tag nach Bern. Später habe ich gefragt: Wie hast du das alles geschafft?

Nach einigen Jahren mussten wir die Kühe abgeben. Alles hing an mir. Das Leben ist einfach weiter gegangen.

Dann wurde ich krank. Ich war ein halbes Jahr im Spital. Das Risiko war hoch bei einer Rückenoperation. Oft kam es zu Lähmungen. Damals gab es noch das

---

[60] prichtet: erzählt
[61] Zwischenmahlzeit

Streckbett. In dieser Zeit war ich wirklich verzweifelt.

Zum Glück hatte ich Leitfäden durchs Leben. Zu meinen Konstanten im Leben gehörten meine Tante und mein Grosi.

Wir kamen nicht oft ins Dorf. Später lief dort nicht alles rund. Einige Menschen wurden bevorzugt behandelt. Mein Mann hat die Leute gemieden. Er ging nie in die Wirtschaft. Vielleicht waren einige Menschen auch neidisch auf uns, weil wir immer schöne Sachen hatten.

Das Schöne war das Vereinsleben: die Landfrauen, Theater wurden einstudiert. Wir hatten auch kirchliche Gruppen. Es wurde viel gesungen im Männerchor, im gemischten Chor und bei den Jodlern, bei denen mein Mann mitsang.

Heute ist es nicht mehr Dasselbe. Leider existieren die Landfrauen nicht mehr. Wir haben glismet[62]. Für jedes Neugeborene gab es ein Geschenk.

Ich liebe Blumen. Sie waren meine Kinder. Denn ich hatte ja keine. Für die Blumen habe ich einen grünen Daumen.
Alles, was ich in die Hand genommen habe, wurde schön und blühte.

Eigentlich wollte ich Handarbeitslehrerin werden. Aber ich musste arbeiten: von 6.00 Uhr bis 21.00 Uhr. Zum Teil musste exakter als exakt gearbeitet werden.

Zu Hause zu jammern gab es für mich als Kind nicht. Wenn man etwas angestellt hatte, haben wir es zu Hause nicht gesagt.

Der Pfarrer und der Lehrer waren damals noch Respektpersonen. Die Eltern standen auf ihrer Seite. Wir mussten uns fügen.

---

[62] „lisme" meint „stricken"

Wir waren gut im Handarbeiten. Aber wir machten Seich [63] auf dem Dachboden. Dafür bekamen wir eine „2" im Handarbeiten. Das hätten wir niemals zu Hause gesagt. Wir hatten fast etwas Angst.

Bei uns damals war es zu streng. Heute ist es vielleicht zu mild.

Aufgeklärt wurden wir nicht. Das Thema war ein Tabu. Trotzdem gab es viele uneheliche Kinder. Aber das wurde verheimlicht.

Für mich ist das Alter eine schöne Zeit. Denn jetzt habe ich keine Verpflichtungen mehr. Ich muss nicht. Ich kann machen, was ich will.

Traurig macht mich, dass viele Menschen, die ich kenne, sterben. Viele junge Menschen kenne ich nicht mehr, weil sie zugezogen sind.

---

[63] Unfug, Blödsinn, Streiche

Wenn man keine Bräschte[64] hat, geht es.
Vor dem Tod habe ich keine Angst. Aber
vor einer Krankheit schon. Auch vor dem
Eintritt ins Altersheim habe ich Angst,
weil ich dann nicht mehr selbständig sein
kann.

Darum sage ich jeden Morgen „Merci",
dass ich jeden Tag aufstehen kann.

Ich brauche für alles viel länger.

Allein bin ich, aber einsam bin ich nicht."

Ich trete hinaus auf die Strasse. Einige
Kinder fahren mit ihren Fahrrädern an mir
vorbei. Ich bedanke mich bei der Frau für
das Gespräch. Eine Zeit lang sehe ich
Bilder vor mir aus einer vergangenen Zeit.
Es ist ein Blick dorthin, woher wir
kommen und dorthin, wohin wir gehen.

---

[64] Gebrechen

Es wäre denkbar, dass durch den Blick zurück klarer wird, wohin der Weg führt. Ein Lehrer von mir sagte: „Ohne Herkunft keine Zukunft."

Gehalten Sein

Ein starke, selbstbestimmte Frau steht mir gegenüber. Kraft und Wärme sind zu spüren. Eine Ausrichtung auf den Mitmenschen füllt das Haus.
Ich sitze in der Küche und blicke auf den schönen Kachelofen.

Die Frau erzählt:
„Ich hatte eine glückliche Kindheit, obwohl sehr viel verboten war.

Ich habe „Spital" gespielt. Dafür habe ich die Betten gemacht und mit Holzscheiten gespielt, die in Tücher eingewickelt wurden. Mir kommen keine Spielsachen in den Sinn, die ich besessen habe. Später hatte ich ein Bäbi[65] zum Spielen.

Eine Leidenschaft war für mich das Nähen. Aus allen Fötzeli[66] wurde noch ein schönes Stück. So entstanden wunderschöne Chrägli[67]. Gerne habe ich auch gehäkelt.

Mein Lieblingstier war das Huhn, später der Bernhardiner. Ich hatte vor allem an den Bibili[68] Freude. Auf sie musste ich wegen des Hühnervogels aufpassen.

Unsere Familie hatte kein Radio. In der Schule mussten wir lernen zu telefonieren.

---

[65] Puppe
[66] Reste; eigentlich: Fetzen, kleine Stücke
[67] Kragen
[68] Küken

Der Standort der Sprechanlage war im Restaurant. Dort mussten wir üben.

Mein Gefühl ist, dass die Kindheit früher schöner war. Ich war viel bescheidener in meinen Ansprüchen. Schleckereien gab es nur ganz selten. Ich beneide die heutigen Menschen überhaupt nicht. Sie verpassen so viel. Bei uns war der Zusammenhalt enger, die Gemeinschaft grösser.

Aufgeklärt wurden wir. Aber vom Pfarrer. Später kamen wir Kinder ins Welsche[69]. Ich war im Dorf damals das einzige Mädchen, das einen Beruf lernte. Dies gelang mir aus meiner Eigeninitiative heraus. Die anderen Mädchen sollten möglichst schnell verheiratet werden. Deswegen hat man über mich viel gschnurret [70], obwohl ich einen guten Kontakt zu den Menschen hatte. Aber das war mir egal.

---

[69] Westschweiz; französischsprachig
[70] geredet, oft hinten herum in negativer Absicht

Früher hat man die Kinder streng erzogen. Aber mein Vater nahm sich Zeit für mich. Er ging mit mir in den Wald.

Mein Berufsleben war sehr streng. Ich war freischaffend. Ich hatte keine Ferien. Auch an Sonntagen hatte ich nicht frei.
Ich war eine Beleg-Hebamme[71]. Deswegen durfte ich im Spital ein Bett belegen.

Meine erste Rechnung betrug für die Geburt und die Wochenpflege 68 CHF. Für die Lehre musste ich 700 CHF bezahlen. Darum habe ich zuerst gearbeitet, um mir das Geld zu verdienen.

Als mein Mann krank wurde, wollte ich nicht mehr weiter machen. Ich hatte es mit meinem Mann wunderschön. Ein Kind hatte ich tot geboren. Aber ich war gehalten, auch von meinen Geschwistern.

---

[71] freiberufliche Hebamme, die mit dem Spital einen Vertrag hat und Frauen begleitet (Vertrauensverhältnis).

Als ich älter wurde, habe ich meine Arbeit eingeteilt und dosiert. Langsam habe ich meine Aufgaben abgebaut. Ich bekam jetzt 55 CHF für eine Stunde.

Viele Leute durfte ich kennen lernen. Die Leute hatten Vertrauen zu mir.

Der Berufsausstieg war mein freier Entscheid. Ich hatte ein Heimetli[72] gekauft. Und am Schluss war es schuldenfrei.
Ich habe entschieden, keine Stunde mit meiner Familie zusammen zu wohnen. Denn mehr Abstand bringt viel mehr Nähe!

Ich habe im Alter mit den jungen Menschen keine Mühe. Die Grosskinder schätzen mich. Und ich habe den Umgang mit einigen neuen Geräten[73] erlernt.

Manchmal bekomme ich noch in der Nacht eine SMS. Ich habe eine enge Beziehung

---

[72] Eigenheim
[73] zum Beispiel: Mobiltelefon

zu meinen Liebsten. Gerne erfülle ich ihre Wünsche, wie zum Beispiel die Vorhänge zu nähen. Auch zu den Leuten, die über mir wohnen, habe ich eine sehr gute Beziehung.

Wie ich schon sagte, habe ich ein Kind tot geboren. Ich verstehe dies als Hinweis: Mit diesem Schicksalsschlag wollte mir Gott zeigen, wie das für die Frauen ist. Gott wollte mich parat machen. So konnte ich mich besser in die Frauen hinein versetzen.

Gott und die Gebete zu ihm haben mir Halt gegeben. Ich bitte um und danke für einen guten Tag. Mit Gott zusammen lasse ich den Tag Revue passieren.

Sonst hätte ich viel mehr Angst, zum Beispiel vor Einbrüchen oder davor, geplagt[74] zu werden. Das Gebet hilft mir gegen die Angst.

---

[74] „plagen" meint „quälen"

Mein Mann ist jetzt mein Schutzengel. Er starb gerade in der Weihnachtszeit. Das war für mich eine ganz schwere Zeit. Mein Mann war nur noch ein Gerippe. Er war voll und ganz auf mich angewiesen. Geklagt hat mein Mann nie.

Ein Weihnachtsfest später gab es keinen Baum mehr. Das hätte ich nicht geschafft. Gott habe ich deswegen nie in Frage gestellt. Denn ich habe jetzt einen Schutzengel.

Im Dorf war die Kirche sehr prägend. Wir unternahmen viel mit dem Pfarrer in der Kirche. Jede Weihnachten wurde ein Krippenspiel durchgeführt. Die ganze Dorfjugend war dabei involviert. Niemand hatte deswegen die Dumme[75] offen.

Man ging zusammen Tanzen lernen. Ich habe viel getanzt: Swing oder Tango.

---

[75] Niemand hat sich daran gestört, darüber gelästert.

Manchmal trank ich eine Crème d'Orange.
Das hätte ich zu Hause nicht sagen dürfen.

Nach dem Tanzen bin ich einmal mit einem jungen Mann nach Hause gegangen. Wir haben draussen etwas geschmust. Aber meine Mutter hat mich sofort herein befohlen und den jungen Mann nach Hause geschickt.

In einer Stadt würde ich nicht gerne wohnen. Obwohl ich manchmal einen Laden im Dorf vermisse. Aber ich habe liebe Menschen, die mir helfen."

Als ich aus dem Haus trete, überlege ich mir, wie viele Menschen die Frau bei einer Geburt begleitet hat. Ich erinnere mich, gehört zu haben, dass es etwa 1'500 Kinder gewesen sind.
Es ist schwer zu erklären. Aber auf dem Weg zurück nehme ich die Menschen, die mir begegnen, mit anderen Augen wahr.

In der Hoffnung: Freude. In der Bedrängnis: Geduld. Im Gebet: Halt

Meine Gesprächspartnerin ist eine aktive, selbständige Frau. Sie hat von einer unheilbaren Krankheit erfahren. Ihren Lebenswillen hat sie nicht verloren. Ich bin dankbar, dass sie mich an ihrem abwechslungsreichen Leben Anteil haben lässt.

„Als ich acht Jahre alt war, haben sich meine Eltern getrennt. Sonst hatte ich eine gute Kindheit. Draussen haben wir Fangen gespielt, Ball-Spiele oder mit Schitli[76].

Im Kindergarten bin ich bis 17.00 Uhr geblieben. Die einen Kinder haben geschlafen über Mittag, die anderen gebastelt. Kinder konnten schon, wenn sie 2,5 Jahre alt waren, in den Kindergarten gehen – bis sie sechs Jahre wurden.
Als Kindergärtnerinnen hatten wir Diakonissen[77], die uns auch viel Biblisches beibrachten.

Ein Spruch, den ich gehört habe, war: „Die kleinen Menschen hat Gott erschaffen, die Grossen sind von selbst gewachsen."
Ich war zwar klein. Aber über mich wurde gesagt, dass ich arbeiten könne.

---

[76] Holzscheite

[77] evangelische Frauen, die in einer Gemeinschaft im Diakonissenhaus wohnen und sich ein Leben lang dem Liebesdienst am Mitmenschen widmen.

Eines Tages ist meine Mutter einfach umgefallen. Ich habe in dieser Zeit Kinder gehütet. Meine Mutter konnte nicht mehr verständlich reden. Sie hat nur noch gelallt. Der Arzt und die Schwester kamen, und es stellte sich heraus, dass meine Mutter eine Streifung[78] hatte.

Da musste ich bei einer Tante wohnen. Dort sollte ich die ganze Zeit arbeiten, und ich war auch noch in der Sek[79], wo es sehr streng war.

Es kam immer wieder die Vormundschaftsbehörde. Irgendwann wurde ich in eine andere Familie platziert. Dort war es besser, und ich musste nicht so viel Gemüse essen.

Am Sonntag kochte mein Vater jeweils Chüngel mit Härdhöpfelstock[80] - jeden

---

[78] Folge einer plötzlichen Durchblutungsstörung in einem Hirnteil.
[79] Sekundarschule („höhere" Schule)
[80] Kaninchen mit Kartoffelbrei

Sonntag! Ich konnte lange keine Chüngel mehr essen.

Mein Vater war Maurer. Leider hat er getrunken. Wir wohnten in einem Zwei-Familien-Haus.

Als der Vater fort war, musste ich mehrmals zügeln[81]. Ich wohnte mit der Mutter in einer Zweizimmerwohnung. Geschlafen habe ich in einem Drahtbett, das recht klein war.

Meine Mutter hat immer wieder geredet und geschimpft mit mir, bis ich einmal von mir aus gesagt habe: „Gib mir doch einmal eine Ohrfeige."

Als meine Mutter starb, gab es im engsten Familienkreis Kaffee und Kuchen. Es wurde besprochen, was mit den Kindern geschehen soll. Über mich hiess es: „Die bringt sich schon durch."

---

[81] umziehen

Ich kam ins Bauernlehrjahr. Und ich habe Gott gedankt, dass es mir dort so gut gegangen ist.

Mein Konfirmations-Kleid war aus dem Stoff des Hochzeitskleids meiner Mutter gefertigt.

In meinem Berufsleben habe ich nur aus dem Koffer gelebt. Es war ein riesiger Koffer. Ich habe etwa siebzigmal meinen Arbeitsort gewechselt im Pflegedienst. Ich kam dadurch in der Welt herum – bis Mailand.
Dabei half mir, dass ich in der Sek Italienisch im Freifach gelernt hatte. Ich war unter anderem auch zehn Jahre in Basel bei einem Arzt, aber auch in Spitälern.

Das Dorfleben war schön. Wir haben den Bauern geholfen. Ich kam auch später schnell wieder in ein anderes Dorfleben hinein – auch Dank des Geschäfts, das wir hatten. Ausserdem ging ich Singen und war fünfundzwanzig Jahre im Chor dabei. Ich habe mir Mühe gegeben, die Gemeinschaft mit anderen Menschen zu suchen.

Im Kirchgemeinderat habe ich mich acht Jahre engagiert. Dann hatte ich mit vierundsechzig Jahren eine Brustoperation.

Ich habe viel gearbeitet. Zum Glück habe ich gerne gerechnet. Dazu konnte ich Schreibmaschine schreiben. Das Haus musste ich auch putzen. Da war gar keine Zeit für anderes.

Wir haben einmal bis zweimal im Jahr eine Reise unternommen. Die schönste Reise war nach Südafrika, aber Marokko war auch schön.
Mein Eindruck ist, dass die Eltern mit ihren Kindern heute zu viel zu früh reisen.

Ich selbst bin mit dem Töff[82] nach Paris gefahren.

Mein Konfirmationsspruch aus dem Römerbrief, Kapitel 12, Vers 12[83] hat mich durch mein Leben begleitet.

Nach der Scheidung meiner Eltern wurde ich geplagt, denn Scheidungen waren verpönt.
Als meine Mutter starb, haben mir viele Menschen ihre Zuneigung geschenkt. Bei der Scheidung war es etwas anders.

Als mein Mann starb, war es ein Jahr sehr schwer. Da hatte ich weniger Unterstützung.

Jetzt nehme ich einen Tag an wie den anderen. Gut tut mir „Ein täglich Wort".

---

[82] Motorrad

[83] „In der Hoffnung freuen wir uns, in der Bedrängnis üben wir Geduld, am Gebet halten wir fest."

Der Glaube ist mir wichtig. Sonst hätte ich diesen Halt nicht. Ohne Kirche könnte ich nicht leben.

Meine erste Ehe war nicht nur leicht. Aber ich hatte dort einen guten Kontakt zur Pfarrerin. Wichtig ist mir bei einem Pfarrer, dass nichts, was ich ihm anvertraut habe, weiter geht.

Das ist ein Problem im Dorf, dass gewisse Dinge, die man jemandem anvertraut, weiter getratscht werden."

Ich merke, wie es gut tut, über das Leben eines anderen Menschen nachzudenken. Da gibt es Dinge, die jemanden unversehens treffen und aus der Bahn zu drängen drohen. Dennoch ermutigt mich, dass Menschen Leitfäden und Orientierung, auch im Schweren, geschenkt wurden.

Ich setze mich noch einen Moment auf ein Bänkchen und schaue den Schwänen und Enten zu. Es ist wie ein ewiger Moment.

Die Familie im Herz

Der Gang ist langsam. Die Haltung gebückt. Ein Lächeln umspielt die Lippen meines Gegenübers. Ab und an werden Tränen sichtbar.

Die Erinnerung ist stark.

„Mein Vater ist jung gestorben mit 38 Jahren. Damals war ich elf Jahre alt. Mein Vater ist vom Kirschbaum herunter

75

gefallen. Für meine Grossmutter war es ein schwerer Schlag.
Ein Unglück nach dem anderen ist passiert.

In jener Zeit bekam ein weiteres Familienmitglied Krebs. Dazu ist der Krieg[84] ausgebrochen.

Die Maul- und Klauenseuche brach aus. Gemanagt haben den Betrieb die beiden Frauen, da die Männer in der Kriegszeit von zu Hause fort waren.
Damals hat man alle Arbeiten noch mit der Sägesse [85] verrichtet. Die Zuckerrüben habe ich noch auf den Knien erdünnert[86].

Die Landwirtschaft war Schwerstarbeit. Aber man war auch dankbar darüber. Man konnte alles schön machen – auch den Garten.

---

[84] der Zweite Weltkrieg
[85] Sichel zum Mähen
[86] vereinzeln

Insgesamt hielten sich Schönes und Trauriges die Waage.

Vor zwei Jahren habe ich gespürt, dass meine Hand mir nicht mehr so folgt, wie ich gerne möchte.

Mir sy üsere Drü gsi deheime[87]. Die zwei älteren Kinder konnten nicht in die Sek. Sie mussten helfen.

Meine Mutter neigte zu Depressionen. Sie liess mich immer zu Kursen gehen. Meine Mutter hat sich geopfert. Sie hat nicht viel von sich selbst erzählt, weil sie mit ihren Gedanken viel bei anderen Menschen war. Der Zusammenhalt der Familie stand im Mittelpunkt.

In der Politik haben sich die Jungbauern[88] abgespalten. Mein Vater war begeistert

---

[87] Übersetzung: „Wir waren drei Kinder bei uns."
[88] Die Jungbauern wurden politisch aktiv in der Wirtschaftskrise der 30er Jahre des 20. Jahrhunderts. Sie

von der Politik. Viele Menschen seiner Generation fanden Adolf Hitler gut, weil er die Wirtschaft in Gang brachte.

Als Kind habe ich gebetet, dass mein Vater nicht in den Grossen Rat[89] kommt. Aber er war das nächste Mal im Bett und konnte nicht mehr politisieren.

Ich erlebte auch Unglück. Ein Highlight war die Heirat. Mein Mann musste mit 24 Jahren den Betrieb führen. Wir hatten keine Zeit, der Liebe zu frönen.

Im ersten Ehejahr starb meine Mutter. Ausgeschimpft wurde ich von der Schwiegermutter, ich sei zu verwöhnt.
Ich wurde geplagt, zusammen mit der Magd. Es entstand ein richtiger Hass auf mich als Schwiegertochter.

---

setzten sich für die Rechte der Bauern ein und gelten als Vorreiter der Biobauern.
[89] Kantonsregierung

Deswegen bin ich abgehauen ins Nachbardorf. Dort wurde ich aufgenommen. Mein Mann musste seine Mutter beruhigen.

Diese Situation hielt so lange an, bis unser erstes Kind da war. Dann ging es besser. Meine Schwiegermutter hatte richtig Freude an dem Kind.

Irgendwann wusste ich, was ich musste. Ich habe einfach alles gemacht, was sie wollte.

Im Tod war meine Schwiegermutter versöhnlich.

Im Juni habe ich geheiratet. Im November desselben Jahres ist meine Mutter gestorben. Sie starb in den 60er Jahren an einem Herzinfarkt.

Geburten fanden zu Hause statt. Im Frühling sollte das erste Kind zur Welt kommen. Aber es wurde tot geboren. Es hatte die Nabelschnur um den Hals. Ich war wie Sturm-geschlagen von dem allem.

Mit der Zeit stellte man Hilfskräfte aus dem Ausland an. Die Magd hatte mein Kind gern. Leider war sie auf der Seite der Schwiegermutter.
Jetzt leben wir miteinander im Frieden.

Jeden Tag danke ich Gott. Denn es ging immer weiter in meinem Leben. An den Söhnen habe ich eine grosse Freude.
Jetzt wäre die Zeit zum Sterben.

Bis vor einiger Zeit habe ich noch geholfen beim Feuern. Der Kontakt zu den Menschen fehlt mir.
Ich bin stolz auf meine Familie.

Bis ich angelaufen bin, geht es einen Moment. Ich habe Mühe mit Laufen.

Bei mir wohnt ein Hund. Dank ihm ist immer jemand da.

Ich denke oft daran, was meine Mutter und mein Vater durch machen mussten. Bis heute bekomme ich Tränen, wenn ich daran denke.

Heute kann ich keine neuen Namen mehr behalten.
Bei uns in der Familie sterben alle im November.

Meine Schule war eine Gesamtschule. Dort waren wir alle zusammen mit den älteren Schülerinnen und Schülern.

Wenn mich in meinem Leben einmal etwas geärgert hat, habe ich eine Nacht drüber geschlafen. Dann ging es wieder.
Es braucht Zeit. Mit der Zeit wird es besser. Das Reden darüber macht es noch schlimmer. Zuerst dachte ich, das Reden über eine Sache mache es besser.

Ich erinnere mich:
Früher habe ich zum Abwaschen gesungen. Manchmal sangen wir

dreistimmig. Einmal kam ein Velofahrer vorbei und ist wegen des Singens umgefallen.

1932 kam das Alkoholgesetz, damit die Schnapserei aufhören sollte. Einige Schnapsfläschchen waren im Bett versteckt.
Für Kartoffeln gab es eine Flasche Schnaps. Der Schnaps hat Familien kaputt gemacht, und es kam zu Missbildungen.

Heute gibt es viele neue Sachen, die ich auch gerne können möchte. Zum Teil ist es schlimm für mich, es nicht zu können.

Mein Sohn bringt mir Bücher mit, zum Beispiel über Joachim Gauck. Ich lese mit Begeisterung Lebensgeschichten.

Das Lesen ist meine Sucht. Früher brachte meine Mutter Bücher aus der Bibliothek mit. Es waren meist fromme Jungmädchenbücher. Es wurden dort

Sünden beschrieben, zum Beispiel das Tanzen.
Meine Grossmutter las manchmal fünf Bücher gleichzeitig.

Ich war fast sechzig Jahre verheiratet. Manchmal sage ich heute etwas und denke, mein Mann sei noch da.

Wichtig war für mich immer, wieder Frieden[90] zu machen. Mein Mann hat dies für sich machen können, und das macht mich zufrieden."

Zufriedenheit, so denke ich bei mir, das ist ein Zustand, wo das Leben in einem Menschen positiv nachhallt; ein Denken und Fühlen, wo das Echo auf das, was war, den Ohren schmeichelt.

Der Weg dorthin ist individuell verschieden. Das Ziel zu erreichen geht

---

[90] im Sinn von „Versöhnung"

durch Täler hindurch. Aber Zufriedenheit
ist in einem Leben zu finden.

Zusammen gefügt

Ich sitze mit einem Ehepaar zusammen. Es ist selten, dass bei älteren Menschen noch beide am Leben sind. Ich denke an die Seniorennachmittage, wo jeweils etwa drei Männer anwesend sind und etwas das 10-fache an Frauen.

Beide sind bei guter Gesundheit und aktiv. Sie suchen die Gemeinschaft mit ihren Mitmenschen.

„Ich hatte eine schöne Kindheit," erzählt sie. „Mein ältester Bruder hat mit meinem Vater den Hof geführt.

Als wir kamen, war das Bauernhaus vernachlässigt. Die Leute, die darin wohnten, hatten gar keine Ordnung. Es war das Stammhaus unserer Familie. Es dauerte lange, bis das Haus sauber war.

Ich habe in meiner Kindheit nichts vermisst – obwohl es nicht eine reiche Kindheit war. Mutter war eine gute Köchin. Sie kochte unter anderem Eier, Brot und Zwetschgen. Morgens gab es oft Haferbrei. Dazu hatte unsere Familie einen grossen Backofen im Ofenhüsli[91]. Wir haben einfach, aber gut gelebt.

Meine Mutter arbeitete vorher in Herrschaftshäusern. Dort durfte sie nie am Tisch essen und musste in der Küche bleiben.

Meine Mutter hat viel gebetet mit uns. Ich habe manchmal nicht so gefolgt als Kind. Deswegen musste ich einige Male ohne

---

[91] Hüsli = kleines Haus

z'Nacht[92] ins Bett. Manchmal stand meine Mutter auch mit dem Klopfer im Gang.

Am Abend kam meine Mutter oft mit der Gitarre, und wir haben zusammen Lieder gesungen. Manchmal gab es auch etwas Schoggi.

Wir hatten unsere Bräuche: An Weihnachten gab es ein Tannenbäumchen, an Silvester Züpfe[93] mit Wienerli. Das war für uns ein Festessen.

Wir spielten viel zusammen an Sonntagen: Eile mit Weile oder Elfer Raus. Sonst haben wir Kinder draussen Versteckis gespielt.

Später wurde Mutter krank. Sie hat nie gejammert. Viel geholfen hat ihr der Glaube.

---

[92] Nachtessen; Abendessen
[93] Brot, geflochten wie ein Zopf

Als Spielzeug hatte ich Holzklötze und einen Bäbiwagen[94]. In den Wagen habe ich die Katze hinein gebettet.

In die Sonntagsschule bin ich bis zur neunten Klasse gegangen. Als ich zwanzig Jahre alt war, wurde ich als Sonntagsschulleiterin eingesetzt. Wir hatten um die achtzig Kinder. Den Kindern habe ich biblische Geschichten erzählt und eine Geschichte aus dem Leben. Ausserdem haben wir zusammen gesungen. Gemeinsam haben wir auch einige Ausflüge unternommen.
Damals war das Angebot unserer Sonntagsschule für die Kinder noch ohne Konkurrenz.
Oft hatten wir am 26. Dezember Sonntagsschulweihnacht. Die Kirche war jeweils voll.

Mein Mann unterstützte mich sehr. Er übernahm jeweils das Kochen.

---

[94] Puppenwagen

Meine Eltern haben nie fromm getan. Sie haben den Glauben gelebt. Ich bin dankbar, dass ich solche Eltern hatte.

Manchmal sind wir in der Schulklasse deswegen etwas aufgezogen worden von den Mitschülerinnen und Mitschülern.

Ich sehe erst heute, was es heisst, ein Elternhaus zu haben. Mir wurden Liebe und Wärme geschenkt. Meine Mutter führte ein offenes Haus.

Zu den Menschen im Dorf hatte ich ein gutes Verhältnis. Ich habe mit ihnen tiefe Gespräche geführt.
In einen Menschen kann man nicht hinein sehen. Es ist oft mehr in einem Menschen, als es, von aussen her gesehen, zuerst scheint.

Mein Mann und ich sind von Gott zusammen geführt worden. Deswegen habe ich den richtigen Mann bekommen. Wir haben immer zusammen geredet."

„Ich," erzählt der Mann, „hatte mehr technische Spielsachen; zum Beispiel eine Dampfmaschine. Viele Dinge habe ich selbst konstruiert."

Die Frau fährt fort: „Wir haben jeweils am 1. Advent gebacken für die alten Leute und sind von Haus zu Haus gezogen. Ich und die Kinder haben für sie gesungen.

Ich meine, dass Kinder in eine Familie gehören und nicht in eine Krippe. Vieles wird heute aufgelockert, und irgendwann muss man es wieder zurück buchstabieren.

Wir sind einfach aufgewachsen, aber Mangel hatten wir keinen."

Der Mann erzählt:
„Als ich mit 17 Jahren einen Pass beantragen wollte, hat man mich ausgefragt, warum.

Ich stamme aus einer Täuferfamilie[95], und ich habe mich gefragt, warum es neben der Landeskirche auch Freikirchen gibt.

Früher gab es bei mir im Dorf noch das „Herrenwäldli", das dem Pfarrer gehörte. Der Pfarrer war damals noch eine Respektperson.

Während meiner Jugendzeit war Krieg. Zu unserem Haus gehörte eine Juchete[96] Land dazu. Wir hatten Weizen und Härdöpfel[97]. Meine Mutter hatte einen Pflanz-Plätz[98].

---

[95] Täufer, auch: Wiedertäufer, sind eine christliche Gemeinschaft, die in der Reformationszeit entstand und deren Haupt-Merkmal ist, dass sie keine Kindertaufe hat. Es kam wegen der Haltung zur Obrigkeit zu Verfolgungen der Täufer. Viele wanderten aus, beispielsweise nach Nordamerika, ins Elsass oder in die Niederlande. In der Schweiz flohen viele Täufer in den Schweizer Jura. Ihnen wurde gestattet, auf Höhen über 1000 Metern über dem Meer zu siedeln.
[96] Flächenmass für Felder
[97] Kartoffeln
[98] ein Stück Land

Ich musste die Bohnen pflegen und war zuständig für die Schädlingsbekämpfung.

In der Kriegszeit war der Vater häufig im Dienst. Ganz in der Nähe war ein Militärflughafen. Deswegen hatten wir oft Soldaten im Haus, die im Keller ihre Funkstation aufgebaut hatten.
Für die Soldaten hat meine Mutter Wasser gewärmt, und die Soldaten konnten darin ihre Büchsen mit Essen darin kochen. Für uns Kinder gab es dann auch manchmal etwas Fleisch.

Sonst waren wir während der Kriegszeit Selbstversorger.
Als Familie mit Kindern hat man mehr Lebensmittelmarken bekommen.
Obwohl wir auch Fliegeralarm hatten und die Fenster verdunkeln mussten, hatte ich kein Gefühl der Angst.

Der Vater war Musikant. Er hat Klaviere und Zittern gestimmt. Er selbst spielte Okarina[99] und Muugyge[100].

Ich sollte Orgelstimmer werden. Dafür muss man aber zuerst den Beruf des Schreiners erlernen. Gelernt habe ich Metallbauer.

Als die Maschinen in der Landwirtschaft kamen, habe ich mich auf Landmaschinen spezialisiert. Ich habe Kurse besucht in Norddeutschland, Österreich und in den Niederlanden, weil von dort die Maschinen kamen.

Man fragte mich, was ich denn im Seeland wolle. Aber ich blieb hier hängen.
Man fragte mich auch, ob ich in die Politik wolle. Aber das Politisieren hat mir damals nicht viel bedeutet.

---

[99] Okarina heisst übersetzt „Gänschen". Das Instrument ist aus Ton oder Porzellan gefertigt und hat einen Schnabel zum Anblasen.
[100] Mundharmonika

Wir bauten Anfang der 60er Jahre, und es gab Verzögerungen, weil es so bitterkalt war.

Ich wurde von Bauern gerufen. Und ich brachte das Werkzeug mit. Wir wurden durch unsere Arbeit fast als Halbgötter angeschaut.
Ich versah eine Zeit lang das Amt des Gemeindepräsidenten und des Zivilstandsbeamten.

Als Kind hatte ich mein Bett neben der Küche. Wenn ich erwachte, machte meine Mutter das z'Morge parat und sang dazu. Das ist mir geblieben. Ich sang als Knabe die erste Stimme und nach dem Stimmbruch Bass. Auch im Militär haben wir gesungen. Oft musste ich beim Marschieren ein Lied anstimmen."

Beide erzählen:
„Glaube ist für mich, eine persönliche Beziehung zu Jesus Christus zu haben.

Wichtig ist, dass man alles ablegen kann. Dann wurde ich gelöst, befreit. Beim Glauben ist entscheidend, dass man auf etwas vertraut, was man nicht sieht. Sonst wäre es kein Glaube mehr. Dies habe ich schon von zu Hause mitbekommen."

Sie erzählt:
„Bei den Turnerinnen haben wir ein Abschluss-/Abschieds-Lied:
Mir gäbe enang d Häng. Mir lö nid los. Mir heben is fescht. Und du, üse Gott, bisch mit im Kreis.[101]"

Als ich auf den Weg hinaus trete, pfeift der Wind. Ich beachte ihn nicht, sondern denke an Rituale, die uns Halt geben; Rituale, die unseren Alltag strukturieren. Ich denke auch daran, dass Menschen einander die Sonne schenken können.

---

[101] Wir geben uns die Hände. Wir lassen nicht los. Wir halten uns fest. Und du, unser Gott, bist mit uns im Kreis.

Ausgeweinte Tränen

Mir sitzt eine Frau gegenüber, der man das Alter nicht ansieht. Sie hat einen klaren, starken, etwas traurigen Blick. Sie hat zwei Söhne und ihren Mann verloren.
Dennoch erzählt sie mir mit innerer Ruhe aus ihrem Leben."

Meine Mutter ist sehr früh verstorben – mit 35 Jahren.
Wir Kinder assen fast immer Härdöpfel-Suppe[102]. In der Suppe war auch Gemüse enthalten. Dazu gab es oft ein wenig Käse. Die Suppe kochten wir uns selbst.
Im Winter stellte mein Vater die Suppe zum Wärmen ab und an auf den Holzofen. Manchmal war sie etwas angebrannt.
Wenn ein Arzt in die Schule kam, stellte er jeweils fest, dass es um unsere Gesundheit am besten bestellt war. Es sei halt doch eine gute Ernährung.

---

[102] Kartoffelsuppe

Als Spielzeug hatten wir einen Sandhaufen und Büchsli [103]. Im Sand haben wir gegraben – Berge oder Tunnel. Ausserdem stand uns Abfallholz zum Spielen zur Verfügung. Aus dem Holz haben wir Verschiedenes gebaut. Teddybären oder Bäbi [104] hatten wir keine.

Mein Vater arbeitete oft auswärts.
Wir hatten zu Hause einen Stall mit drei Kühen und ein Söili [105]. Eine meiner Schwestern hat gemolken, eine andere hat den Stall gemistet. Und diese Arbeiten verrichteten wir mit sechs bis sieben Jahren!
Erst anschliessend, nach getaner Arbeit, gingen wir in die Schule.

In der Schule wurden wir von den anderen Kindern oft ausgelacht, da wir nicht gstrählt [106] waren. Manchmal konnten wir

---

[103] Blechdosen
[104] Puppen
[105] Hausschwein
[106] gekämmt

99

die Hausaufgaben nicht erledigen – nicht, weil wir es nicht gekonnt hätten, sondern weil wir viel gschaffet[107] hatten.

Kam jedoch der Schulinspektor, mussten wir Geschwister jeweils Gedichte aufsagen. Denn damit tat unser Lehrer keinen Fehlgriff.

In der Schule waren alle Kinder im gleichen Zimmer. Ich sehe das positiv: Dadurch bekommen die kleineren Kinder viel von den grösseren mit und können profitieren.

Die Kleinen sassen im Zimmer vorne, die Grossen hinten.

Die Kinder wurden vom Lehrer mit unterschiedlicher „Liebe" behandelt. Ich und meine Geschwister wurden am schlechtesten behandelt. Vielleicht war es aus Neid heraus, da die Leute oft meinen Vater, einen Zimmermann, fragten und nicht den Lehrer.

---

[107] gearbeitet

Mit dem Abfallholz wurde bei uns zu Hause geheizt. Wir Kinder mussten jeweils das Holz tragen.

Zum Einkaufen mussten wir mit Rucksäcken weit laufen. Der Weg war so weit, dass es im Winter dunkel wurde, bis wir wieder daheim waren.

Ich denke, heute geht es den Kindern eher zu gut. Sie mögen zum Teil nichts mehr verlyde[108] und machen schnell schlapp.

Wenn ich an meine Kindheit zurück denke, habe ich ein Gefühl von Kälte in mir.

Eine schöne Erinnerung ist der Besuch bei meinen Grosseltern im Herbst. Dort habe ich ab der 3. Klasse die Kühe gehütet. Ich kletterte auf die Obstbäume und ass die Früchte. Es war fast paradiesisch für mich.

Wenn ich im Winter bei meinen Grosseltern war, durfte ich aus einem Glas

---

[108] sie halten nichts mehr aus

Kirschen essen. Das war für mich ein Festessen.

In der Erziehung wollte mein Vater, dass wir Kinder korrekt durchs Leben gehen. Einmal haben wir Kinder ein Glas Honig geschenkt bekommen. Vater sagte, wenn das Glas leer ist, müsst ihr das Glas zurück bringen. Ich dachte: Warum denn das? Das ist doch nur ein Glas. Aber ich musste es zurück bringen, auch wenn niemand nach dem Glas fragte. Das war für meinen Vater „korrekt".
Wir durften nicht lügen und mussten dazu stehen, wenn wir etwas bosget[109] hatten.

Wir hatten zu Hause ziemlich viele Hühner, zu denen wir Kinder schauen mussten. Mein Vater hat uns gezeigt, was man machen muss, damit die Hühner viele Eier legen. Wir haben jeweils viel eingestreut. Und das Futter haben wir jeweils erst am Abend zwischen die Streu

---

[109] etwas angestellt hatten

gegeben. Dann gingen die Hühner abends nicht sofort auf die Stange, sondern bewegten sich, um das Futter zu suchen und um zu scharren. Deswegen legten sie mehr Eier.

In der Kriegszeit war es für uns deshalb kein Problem, Eier abzugeben. Wir hatten genug. Unsere Familie hatte auch selbst Obst und Gemüse.

Fleisch gab es nur sonntags: Suppenhuhn, Söili[110] oder Chüngel[111]; aber Chüngel nur selten, weil das Fleisch zu kostbar war.

Von der Dorfgemeinschaft in unserem Dorf war ich als Kind enttäuscht. Man tat sehr fromm. Es war ein Täufer-Dorf. Aber zum z'Mittag eingeladen wurden wir Kinder nie.

Eine andere Frau, die nicht so fromm tat, gab uns manchmal etwas zum Lesen und gab mir dann auch einen Teller Suppe. Manchmal wusch sie mich mit den

---

[110] Schwein
[111] Kaninchen

Worten: „Ich möchte dich waschen. Du bist nicht sauber."

Mit meinen eigenen Kindern hatte ich später nie Schwierigkeiten. Sie waren anständig. Man muss seine Kinder erziehen.

Am liebsten ging ich in die Arbeitsschule. Mein Vater war schon gestorben, da sagte die grosse Schwester, dass jedes Kind einen Beruf lernen solle. Was für einen Beruf ich lernen musste, hat die Schwester vorgegeben. Eine Auswahl hatte ich nicht.

Ich musste bei einem Vormund wohnen. Er war schlecht. Mir war bei ihm gar nicht wohl. Er hat es mit der Vormundschaft übertrieben und mich total kontrolliert. Er wollte über jeden meiner Schritte informiert sein.

Ich hatte lange starke Komplexe: „Du bist ein Nichts. Du kannst nichts."

Dies kam daher, weil ich in der Schule so unterdrückt wurde. Später in der kaufmännischen Schule in Biel musste ich Tagebuch führen. Und meine Berichte wurden am allermeisten vorgelesen. Sie gefielen dem Lehrer. Da merkte ich, dass ich doch etwas konnte. Ich erfuhr Wertschätzung. Der Lehrer wurde später Stadtpräsident von Biel. Das hat mich sehr gefreut. Der Lehrer hiess Stähli[112].

Im Dorf war ich bei den Landfrauen. Das Schönste war für mich der Frauenchor. Diese Tätigkeit gab Abwechslung zur Arbeit. Ich lernte liebe Menschen kennen. Alle zwei Jahre haben wir zusammen eine Reise unternommen. Sehr schön waren die Sängerfeste.

Als Kind erging es mir schlecht. Ich habe als Kind sehr viel geweint. Darum, glaube ich, habe ich jetzt keine Tränen mehr. Durch eine solche Kindheit wird man

---

[112] Fritz Stähli (FDP) war Stadtpräsident von Biel (Kanton Bern) von 1964 bis 1976.

stark, wird man hart. Lebensstürme, und ich habe auch später einige erlebt, können mich nicht mehr umwerfen.

Ich habe gelernt, dass Jammern nichts bringt.

Heute helfen mir im Schweren die vielen Gedichte und Lieder, die ich als Kind auswendig lernen musste. Dafür, trotz der schlechten Behandlung, bin ich meinem Lehrer dankbar. Wir haben sehr viel auswendig gelernt. Der Unterricht fing immer mit einem Lied an. Wir hatten die schönsten Weihnachtsfeiern in der Region.

Manchmal komme ich mir vor wie der Hiob[113]. Mein Vater zum Beispiel sollte

---

[113] Hiob ist eine biblische Gestalt, die gut und recht lebt, und dennoch ein schweres Schicksal erleiden muss. Hiob, der Leidgeprüfte, fragt Gott, klagt Gott an, wofür er ihn denn strafe; es gebe doch keinen Grund dafür. Die Freunde Hiobs hingegen sagen, Hiob müsse etwas Schlechtes begangen haben, denn Gott strafe nicht grundlos. Das biblische Buch „Hiob" gilt als Weltliteratur.

ein schlechter Mensch sein, weil ihm seine Frau so früh genommen wurde.

Mir hilft der Glaube in meinem Leben. Am Abend habe ich ein Gespräch mit Gott. Das ist für mich ein Gebet: ein Gespräch zu führen mit Gott. Ich weiss nicht, was ich hätte machen sollen ohne den Glauben. Zu wem sollte ich immer wieder gehen können, wenn nicht zu Gott?
Auch der Pfarrer gibt sich Mühe."

Ich trete aus dem Haus und betrachte die Umgebung. Es ist, als liege etwas in der Luft; als würde die Güte selbst ankommen. Ich denke an die Frau, die in ihrem Leben, trotz vieler Schicksalsschläge, den Glauben an das Leben nie verloren hat, und immer wieder Kraft, Vertrauen und Mut erfahren durfte.